1

Série : LDDA

Les Dessous d'Apocalypse

Tome 2

Écrit par :
Nancy Boucher
&
Lios-Art
(Aka : L. Bourgeois)

Illustration de la couverture par Lios-Art ©

Les Dessous D'Apocalypse

Tome 1
1re édition Mars 2023
Tome 2
1re édition Janvier 2024

www.Lios-art.com
Admin@lios-art.com

Droit D'auteur

9 781998 905126

Dédicace

De : Nancy Boucher

Merci à toutes les victimes de s'être prêté au jeu, aux auteurs qui m'ont donné ma chance pour écrire et de croire en moi. Merci Lios-Art de m'inclure dans tes projets d'écriture. Un gros merci aussi aux lecteurs, car, sans vous, il n'y aurait pas de livres.

De : Lios-Art ©

Je tiens à exprimer toute ma gratitude envers Josée Paquet pour sa remarquable correction du tome 2.
Merci également à Fabien Cardebook pour ton support.

J'encourage vivement tous les Scriptosceptiques du monde(auteurs qui doutent de leur talent), à mettre des mots sur leurs rêves, car on ne sait jamais ce que la vie peut nous réserver. Par ailleurs, je souhaite adresser mes remerciements aux Scriptophiles (les fervents supporteurs des livres dans l'ombre, attendant d'être découverts) pour leur soutien inébranlable.
Sans vous, chers lecteurs, les rêves resteraient inconnus.

***Je tiens également à souligner que cet ouvrage est fait pour divertir et en aucun temps les propos ne sont faits pour offenser ou diminuer qui que ce soit. Nous espérons que vous apprécierez cette lecture autant que nous avons apprécié l'écrire, et nous sommes ouverts à la critique constructive.
Nous croyons en la valeur de l'inclusion et de la diversité.

Encore une fois, merci d'être une communauté de lecteurs passionnés et nous sommes ravis de partager cette expérience de lecture avec vous.

Cordialement,

www.Lios-art.com
Admin@lios-art.com

Série
L'Oeil du Diamant

Découvrez les autres titres captivants de l'auteur et plongez dans des univers tout aussi incroyables !

La Première Dragonnière
Vision du passé
Tome 1

La Première Dragonnière
L'Horizon
Tome 2

La Première Dragonnière
Le Déploiement
Tome 3

La Première Dragonnière
Écho de la Nuit
Tome 4

Lios-Art ©

Index

Prologue

La Semaine Passa en un Éclair

Cela faisait déjà une semaine qu'Apocalypse avait franchi la porte du bar où ses quatre frères échangeaient des histoires sur la fin du monde. Elle avait prévu les rejoindre pour la deuxième soirée, mais elle était en retard. À son arrivée, elle a vu ses frères rire aux éclats en se remémorant les histoires de la semaine passée. Pestilence, à son arrivée, avait immédiatement réclamé de nouvelles histoires de contagion, mais ce n'était pas dans l'intention d'Apocalypse de faire cela aujourd'hui. Peut-être un autre jour.

Apocalypse avait un but précis pour cette soirée. Elle avait déjà une idée en tête pour son prochain récit, une histoire sur l'eau, les tempêtes, et leur pouvoir destructeur. Et les quatre cavaliers en prendraient pour leur rhume.

Ses histoires allaient couler comme une source, entraînant ses frères dans un monde torride et humide où les tempêtes étaient si puissantes qu'elles semblaient avoir une vie propre. Les vagues se brisaient sur les côtes, emportant tout sur leur passage, tandis que les éclairs zébraient le ciel et les vents hurlaient leur colère et les arbres se pliaient de torpeur.

Les histoires d'Apocalypse étaient remplies de double sens; on pourrait dire de double vague en ce qui nous concerne aujourd'hui. Rien n'était que tout blanc ou tout noir…

Elle les transporterait dans un monde où l'eau était le protagoniste, un élément qui pouvait à la fois nourrir la vie et la détruire en un instant.

"Sur les côtes de la Gaspésie", commença-t-elle d'une voix surnaturelle. "Dans un petit village tranquille et d'ordinaire sans histoire…" dit-elle toute en étirant le bras et balayant les airs de droite à gauche, comme si elle voulait attirer ses frères dans l'imaginaire de sa vision.

Alors qu'Apocalypse continuait de raconter son récit, un bruit sourd secoua le bar. Tout le monde figea, se demandant ce qui se passait. Soudain, un éclair frappa un immeuble proche, faisant trembler le sol sous leurs pieds. Les frères d'Apocalypse regardèrent par la fenêtre, les yeux écarquillés, tandis que les éclairs se succédaient et que les nuages noirs s'accumulaient dans le ciel. Apocalypse poursuivit son récit avec une voix qui montait en intensité, captivant ses frères alors que le vent sifflait autour d'eux et que la pluie tambourinait sur le toit du bar. Les verres sur les tables vibrèrent alors que la tempête faisait rage à l'extérieur. Les quatre cavaliers de l'Apocalypse étaient maintenant immergés dans l'histoire, comme s'ils étaient eux-mêmes emportés par les vagues déchaînées de la tempête.

Pendant que l'histoire d'Apocalypse prenait vie autour d'eux, ils ont commencé à voir des signes que quelque chose de plus grand était en train de se produire. Des fissures commencèrent à apparaître sur les murs du bar, des objets furent soufflés par les vents violents, et des éclairs frappaient maintenant si près que l'air autour d'eux sifflait de manière menaçante. Les frères d'Apocalypse étaient maintenant pris au piège, le cul collé sur leur tabouret, hypnotisés par les mots s'écoulant des lèvres de leur sœur…

Chapitre 1

Durant le Salon

La Gaspésie s'éveillait lentement, baignée par les premières lueurs de l'aube. Jeff Bouchard, un homme au regard perdu dans les mystères de la vie, arpentait la rue principale de ce pittoresque village côtier. Les enseignes locales s'allumaient peu à peu, éclairant la voie de leurs néons colorés. L'air matinal était vif, porteur de promesses marines.

Soudain, un rugissement puissant déchira l'atmosphère paisible. Une limousine rose, flamboyante et incongrue dans ce décor, fonçait droit sur Jeff. La surprise le fit bondir hors de son insouciance, son pouls battant la chamade.

Juste au moment où le choc semblait inévitable, une silhouette énergique et vulgaire fit son apparition. C'était Maryse Fortin, une Montréalaise en déplacement spécial, réputée pour son franc-parler légendaire. Elle plongea vers Jeff, l'arrachant de la trajectoire mortelle de la limousine. Ses jurons fusèrent comme des éclairs dans l'air matinal, et elle n'hésita pas à montrer le doigt d'honneur au chauffeur, comme si elle pouvait conjurer des tempêtes à coups d'insultes. "Tabarnak! T'es complètement cave ou quoi, crisse de chauffard de marde!"

Jeff resta là, les yeux grands ouverts, le souffle court, tandis que Maryse continuait de jurer de façon colorée à l'intention du chauffeur. Il était reconnaissant envers cette héroïne inattendue, dont le tempérament impétueux lui avait sauvé la vie.

Il chercha à remercier cette dame d'âge d'or, mais elle ne le regarda pas le moins du monde. Elle s'apprêta à partir comme si rien ne venait de se passer. Cependant, alors qu'il tentait de se relever, il retomba sur les fesses en poussant un cri de douleur.

Maryse, qui s'éloignait déjà, entendit les lamentations du jeune homme. Elle n'arriva pas à rester indifférente et se retourna en demandant d'un ton agacé : "C'est quoi ton problème?"

Jeff, toujours assis par terre et frottant sa cheville endolorie, répondit : "Je crois que je me suis foulé la cheville."

Maryse soupira et s'approcha de lui, les bras croisés et visiblement contrariée, et l'observa sans compassion. Elle jeta un dernier regard de désapprobation au chauffeur de la limousine qui s'était finalement éloignée et dit. "T'es vraiment pas doué, toi. Bon, t'attends quoi maintenant?"

Jeff, incertain répondit "Euh, je ne sais pas, je suppose que je vais essayer de me relever à nouveau."

Il fit une nouvelle tentative pour se mettre debout, mais la douleur l'obligea à retomber aussitôt. Maryse poussa un soupir exaspéré. "C'est clair que tu vas pas y arriver tout seul, t'es encore plus paumé que je pensais!"

Finalement, elle s'approcha de lui, agacée, et l'aida à se mettre debout. Jeff se retrouva sur une jambe, soutenu par Maryse, qui ne cacha pas son agacement. "Bon, on va où maintenant? J'ai pas que ça à foutre."

Jeff, tout en grimaçant, répliqua : "Je suppose qu'il faudrait que je consulte un médecin pour ma cheville."

Maryse leva les yeux au ciel et marmonna quelque chose d'incompréhensible. Puis le regarda et reprit. "T'as vraiment pas de bol, mec. Allez, suis-moi."

"C'est vraiment gentil de votre part, madame. Merci encore," répondit-il.

Maryse eut un sourire vulgaire, mais sincère et leva les yeux au ciel. "J'suis pas une sainte, tabarnak. J'veux juste pas qu'on crève devant moi. Allez, on bouge. Avec tout ça, je vais être en retard."

Alors qu'ils s'apprêtaient à partir, une femme au loin courait en criant le nom de Maryse. Le vent commençait à souffler, et le ciel s'assombrissait rapidement. Jeff, désorienté, demanda à la dame. "C'est à vous qu'elle parle et qu'elle appelle Maryse?"

Maryse haussa les épaules, visiblement perplexe. "J'ai aucune idée de qui est cette folle."

La femme approchait de plus en plus

rapidement, et Maryse, ne voulant visiblement pas attendre de découvrir qui elle était, ramassa Jeff dans ses bras.

Jeff n'aurait jamais cru qu'elle soit aussi forte malgré son âge et sa petite taille. Elle décida de s'échapper par l'entrée du premier commerce qu'elle croisa, et Jeff était incapable de protester, tellement il était sous le choc.

Et ainsi, ils se précipitèrent à l'intérieur d'un magasin en rénovation, laissant derrière eux la mystérieuse femme qui les poursuivait.

Maryse lâcha Jeff sur le sol, et il se lamenta de douleur. Maryse barra la porte en toute hâte, le vent soufflant à l'extérieur.

Jeff demanda d'une voix inquiète : "Mais qui est cette femme qui cogne à la porte?"

Maryse haussa un sourcil, interloquée. "Je sais pas qui est cette Marilyn. Comment connaissez-vous son nom?"

Jeff, un peu confus, répondit : "Mais c'est vous qui avez nommé son nom!"

De l'autre côté, on entendait la femme crier encore plus fort. "Madame Fortin, soyez raisonnable. C'est moi, Mme Boissonneault. Vous ne devez pas exagérer aussitôt après votre opération!"

Jeff demanda, intrigué : "De quoi parle-t-elle? En tout cas, pour une personne que vous disiez ne pas connaître, elle semble bien vous connaître!"

Maryse se retourna, son visage exprimant une nonchalance évidente. "D'accord, elle me connaît. Baissez le ton, je ne veux pas qu'elle sache qu'on est ici."

"Mais qui est-elle?" insista Jeff.

"C'est mon infirmière qui m'accompagne. Mais elle est devenue un peu trop insistante depuis que j'ai cette nouvelle hanche, et tout ce que je veux, c'est me rendre au centre Desjardins", répondit-elle en se détournant de la porte.

Jeff pointa la porte en cherchant à interrompre la dame, mais Maryse ne prêta pas attention à son geste et ne vit pas l'un des journaux qui recouvrait la vitre de la porte se décoller lentement, laissant la lumière du jour pénétrer. Soudain, un bruit fort de coups portés dans la porte vitrée la fit sursauter. En se retournant, elle vit une femme affolée après avoir martelé l'entrée en criant : "Maryse, je vous vois! Ouvrez la porte immédiatement."

Une alarme se mit à retentir à l'extérieur, faisant sursauter les trois personnes. Le ciel se couvrait à une vitesse faramineuse. Marilyn détourna le regard, son expression fondant en horreur. Jeff, qui remarqua le visage horrifié, demanda. "Que se passe-t-il? Je ne vois rien d'ici." Mais la réponse ne vint pas.

Marilyn, de l'autre côté de la paroi transparente, se mit à marteler la porte, criant à s'en vider les poumons. "Maryse, ouvre vite! Par pitié!"

Chapitre 2

Départ au Salon

Sylvain Johnson, un homme aux cheveux rasés et grisonnants dans la fin de la quarantaine, termina de se doucher et d'enfiler ses plus beaux atours. "Tiens, Sylvain, ça te va à ravir," dit-il à son reflet dans le miroir alors qu'il boutonnait son veston bleu. Un sourire naquit sur son visage tandis qu'il ajustait sa cravate.

Tout en prenant son petit déjeuner, il lisait le journal "Le Courant", qu'il avait trouvé sur le banc du train qu'il avait pris la veille pour se rendre en Gaspésie. Dans ce journal daté de la fin de semaine précédente (un journal de Bonaventure en Gaspésie), on annonçait le salon littéraire qui avait lieu cette semaine. Il y avait une gomme collée dessus. Pour la retirer, il dut la mettre dans sa bouche et la mâchouiller délicatement afin de ne pas trop abîmer la page du journal, car il voulait le garder précieusement dans sa boîte de souvenirs. Dans sa hâte, après avoir régurgité son petit déjeuner, il se précipita pour se changer de vêtements, optant pour un autre veston et une cravate aux couleurs sombres.

Tout en se préparant, il ne put s'empêcher de penser à la journée qui l'attendait au salon littéraire. "J'ai hâte de retrouver mes amis auteurs et de rencontrer de nouveaux lecteurs passionnés," murmura-t-il, impatient de partager sa passion pour la littérature. Il avait aussi l'espoir de découvrir de nouveaux auteurs dont les œuvres pourraient susciter son intérêt. Maintenant fin prêt à partir, croyait-il, il se dirigea avec enthousiasme vers la sortie, oubliant par le fait même de se brosser à nouveau les dents.

Dans sa limousine rose, Sylvain était en route de son hôtel vers le centre récréatif Desjardins, l'endroit où se tenait ce fameux salon avec plus d'une centaine d'invités. En chemin, il observait le ciel, devenant de plus en plus gris. "Ça sent l'orage," se dit-il en scrutant les nuages menaçants.

Arrivé à destination, en sortant de sa limousine, il réalisa qu'il avait oublié le livre qu'il avait promis à l'une de ses lectrices. "Pas grave.", se dit-il en pensant à une solution pour remédier à cet oubli. "Je l'inviterai à dîner ce soir et lui offrirai un autre livre en personne, elle comprendra," se dit-il en souriant. De toute façon, il allait passer plusieurs jours en Gaspésie, et il savait que cette lectrice était également en visite pour une longue période.

En arrivant à la billetterie, chargé de ses boîtes, il salue la tenancière d'un hochement de tête.

Elle rétorqua simplement. "Bonjour, que voulez-vous?" accompagné d'un sourire légèrement agacé et d'une voix monotone.

"Bonjour… ehh…" Il se plisse les yeux afin de voir le nom de la tenancière. "Bianca, c'est bien ça?" Sans attendre la réponse, il continua, tout sourire. "Je suis ici pour le Salon du livre, où dois-je me diriger?"

Bianca, le dévisageait d'une drôle de façon en lui disant : "Bah! oui… bien, vous faites la file comme tout le monde et attendez votre tour."

"Madame Bianca, vous vous méprenez, je suis un auteur québécois qui fait partie de vos centaines d'invités."

Bianca regardait encore, en se tournant la tête sur le côté et mâchant sa gomme, et dit. "Ouais bah… moi je suis une chanteuse et je fais du rock."

Pauvre Sylvain, il commença à avoir des sueurs froides et regardait derrière lui, avec un air de nervosité et de frustration. Les boîtes de livres commençaient à devenir lourdes.

Il n'arrivait pas à croire qu'il devait prouver qu'il était un auteur invité, car la tenancière ne semblait pas connaître les auteurs. "C'est une femme qui n'aime pas lire à priori et qui n'est là probablement que pour le cash," se dit-il intérieurement.

"Je dois tout de même garder une certaine prestance et mon contrôle afin de ne pas donner une mauvaise image de moi et des maisons d'édition qui me représentent. Mais elle me fait vivre un sale moment. Respire mon Sylvain, respire," se dit-il.

Lui qui avait hâte de dire à la billetterie qu'il était le grand manitou des "Contes Interdits"! Mais devant l'ignorance de cette demoiselle, il abandonna l'idée.

Chassant cet inconnu du revers de la main, elle lâcha un "SUIVANT" retentissant. Avec un "Bonjour!" et son sourire le plus radieux, elle salua les auteurs acadiens qui arrivèrent enfin à la rescousse. Elle les nomma tous un après l'autre, chacun avait droit à un "petit Bonjour" personnalisé.

Sylvain sentit un petit pincement au cœur en écoutant Bianca s'exclamer devant lui.

"Pierre-Luc, tu es enfin là, on t'attendait! Et Chantal Cool, toujours aussi ravissante." S'écartant de la petite table devant elle afin d'offrir des accolades chaleureuses, elle continua. "Suzan Payne, j'avais tellement hâte de te revoir! Mais où est Sébastien? Ah te voilà! Viens ici que je te fasse la bise."

Sylvain n'osait pas se retourner pour voir ses

collègues arriver, tellement il était bouche bée.

Bianca n'hésita pas à bousculer légèrement Sylvain sans le regarder en disant, "Désolé, monsieur, je désire saluer Mélanie. Allez-vous poster en ligne si vous désirez entrer." Puis, d'un mouvement du revers de la main, elle balaya l'air, avant de continuer en disant, "Ma belle Mélanie J Francoeur, comment vas-tu?"

Miracle, la caissière les connaît, se dit Sylvain.

Pierre-Luc posa la main sur l'épaule de Sylvain et dit : "Hey, comment vas-tu, mon Sylvain National?" Je ne t'avais pratiquement pas vu."

Euh… Monsieur Cool, vous connaissez cet énergumène? s'indigna Bianca.

"Bah oui, c'est un auteur québécois qui vient

de Californie pour nous permettre de le voir enfin!!! Ne me dis pas que TU NE CONNAIS PAS SYLVAIN JOHNSON, L'AUTEUR DU LIVRE "LA PETITE SIRÈNE DES CONTES INTERDITS"!" Puis Pierre-Luc adossa sa main contre sa joue, dissimulant sa bouche comme s'il voulait dire un secret à Sylvain et reprit. "Il était plus que temps, soi-dit en passant," finit-il d'un clin d'œil.

Oh… désolé monsieur, je ne lis pas d'autre livre que ceux de ma patrie.

Enfin, Sylvain soupira de soulagement. Il ne pouvait pas s'imaginer combien de temps il aurait perdu devant elle pour être servi de manière professionnelle, pensa-t-il. Il remercia Pierre-Luc d'être arrivé juste à temps.

Il put enfin entrer dans le salon, accompagné de ses amis qu'il n'avait pas vus depuis belle lurette.

Il pourrait enfin se libérer les bras de cette charge.

Tous se dirigèrent vers leurs tables et kiosques respectif, en se disant qu'ils prendraient un cocktail ensemble ce soir au restaurant "Le Soleil de Minuit". Notre cher ami se dirigea tout enthousiaste vers son kiosque des éditions Cauchemars Airline, pour saluer notre Capitaine Émilie. Ensuite, il fit un autre détour et se dirigea vers le kiosque ADA pour discuter avec ses collègues qu'il avait tant hâte de revoir également.

Enfin, tout le monde était en place, le salon ouvrait ses portes aux nombreux lecteurs et lectrices de tous âges, tous fébriles à l'idée de choisir leurs livres et de rencontrer leurs auteurs chouchous.

Une dame d'une soixantaine d'années prénommée Ginette, aux cheveux courts poivre et sel, vêtue d'un jean bleu et d'un chandail aux couleurs de l'Acadie, se promenait tranquillement parmi les kiosques jusqu'à la table de Sylvain. La dame engagea une conversation avec lui et acheta son dernier livre de l'univers des "Contes Interdits". En lui remettant le livre, elle demanda une signature plutôt osée, car c'était pour sa fille. Comme elle était en visite chez sa famille au Nouveau-Brunswick, elle s'est dit, "Pourquoi ne pas faire un petit détour et visiter le Salon du livre de Bonaventure en Gaspésie tout en profitant du paysage?" Elle avait hâte de rencontrer les auteurs que sa fille Nancy, la créatrice du groupe Buffet Littéraire sur Facebook, interviewait régulièrement en direct avec l'aide de ses collègues administrateurs. Elle était véritablement impatiente de rencontrer ces auteurs de grande renommée, même si cela ne représentait qu'un tout petit détour d'environ six heures de route pour s'y rendre.

Elle continua à parcourir les kiosques. C'était

la première fois qu'elle rencontrait son cher Pierre-Luc. En s'approchant de lui, elle fouilla dans son sac rempli de trésors et en sortit un livre en disant : "Monsieur Cool, j'ai tellement aimé "L'Été des Mouches."

L'auteur la regarda avec un sourire et demanda : "Merci beaucoup! À qui dois-je dédicacer cela?"

La dame excitée répondit : "À Ginette." Puis, sortant un autre livre, elle reprit en le posant sur la table pour recevoir une dédicace sur un second livre : "Oui, c'est ça. À ma belle Ginette… et j'aimerais que vous dédicaciez également celui-ci."

Il regarda le livre et dit : "Je vois que vous avez aussi "L'Ultime."

Sans attendre, elle sortit un troisième livre et

répliqua : "Oui, bien sûr, et j'en ai un tout dernier avec moi également, si ce n'est pas trop demander." Sans attendre sa réponse, elle lui présenta un troisième livre avec un large sourire.

L'auteur s'exclama : "Oh, "Cocagne"! Je vois que vous êtes une véritable fan."

Ensuite, après avoir échangé quelques mots et planifié de se revoir, elle se dirigea vers la table suivante. La tête dans son sac, qui aurait pu facilement transporter une petite bibliothèque, elle en sortit un livre et le présenta à l'autrice.

Chantal Cool prit le livre et demanda : "Avez-vous aimé?"

Ginette répliqua : "Je n'ai pas aimé, j'ai plutôt adoré "Le Don" et je vais prendre le deuxième également."

Après la transaction, Ginette prit le livre et cherche à l'insérer dans son sac lorsque Chantal demanda avec un grand sourire : "Vous êtes sûre que vous pourrez faire entrer "Le Don 2" dans ce sac? Il semble déjà bien rempli."

"Oui, oui, ne vous inquiétez pas, tout rentrera. Il m'en reste encore un à trouver," rétorqua Ginette en grimaçant tout en essayant de replacer ses livres. Puis elle demanda tout en tenant un livre dans la main : "Je peux vous emprunter un coin de table quelques instants?"

"Oui, bien sûr, faites donc," répliqua Chantal.

Ginette déposa le livre sur la table en le nommant à haute voix, puis un second : "Anabelle, Valérie." Enfin, elle sortit les deux derniers d'un coup. Essoufflée, elle regarda Chantal et dit : "Enfin,

Joëlle et Modus Operandi."

Chantal, qui ne l'avait pas quittée des yeux, répliqua : "Je vois que vous avez tous les livres de ma collègue Suzan Payne."

Ginette répondit : "Oui, il ne me reste qu'à la trouver, maintenant. C'est elle qui s'est payée la tête de ma fille Nancy dans le livre spécial roman noir."

"Nancy…" Puis après un moment d'hésitation. "Du groupe Buffet Littéraire?" demanda Madame Cool.

"Oui, c'est elle", reprit Ginette.

Avec un grand sourire, Chantal commenta : "Ah, c'est vous, la Ginette, qu'on voit durant les lives commenter régulièrement. Et pauvre Nancy, elle avait mentionné pendant un direct qu'elle avait une phobie maladive des dentistes. Elle ne doit plus dormir depuis que Suzan lui a fait vivre le calvaire dans son chapitre."

La conversation se poursuivit encore un bon moment.

Vers midi, Ginette avait terminé son premier tour et se dirigea pour prendre un petit café, une pause cigarette, et un petit en-cas aux couleurs de la Gaspésie : une bonne guédille de crabe. Le tout était disposé sur la table à l'extérieur, le vent commençait à se renforcer, et le ciel était d'un noir orageux. Au même moment, on entendit la sirène annonçant un désastre naturel en approche. On ne savait toujours pas de quoi il s'agissait. S'agissait-il d'une forte tempête (chose courante), d'une tornade (très peu probable), d'un ouragan (on pouvait en douter, rare qu'il se présente si haut dans l'hémisphère nord et encore moins à cette période de l'année), ou encore un tsunami (dont toutes les villes côtières ne sont pas à l'abri)? Pour le moment, on ne savait pas la raison de cette méga-sonnerie de dingue, capable de rendre n'importe qui fou de rage, mais Ginette éteignit sa cigarette le plus rapidement possible et se dirigea vers l'entrée tout en criant : "Dépêchez-vous…"

Voyant un jeune couple de tourtereaux s'embrasser sans réagir, elle s'arrêta subitement. D'un air déconcerté, elle pencha lentement la tête, cherchant à comprendre, et se questionna tout en se rapprochant à distance d'un bras. "C'est quoi ça? Il est en train de lui avaler la face, et elle lui fait quoi au juste? Un curage des amygdales? Dis-moi que ce n'est pas devenu la façon à la mode de se bécoter pour les jeunes de nos jours. C'est écœurant!" finit-elle en faisant une grimace, comme si elle venait de manger un bonbon ultra-acide.

Soudain, un éclair monstrueux heurta la tour

d'alerte et la détruisit, la rendant muette comme une tombe, rappelant à l'ordre du même coup Ginette sur l'urgence de se mouvoir. Sans tarder, elle étira tout bonnement le bras pour tapoter le garçon avec son index et cria si fort que les deux sursautèrent.

Dépêchez-voooous!!! Dépêchez-voouuus!!! Le désastre approoooooche!!!

Une fois à l'intérieur, Ginette ne vit personne affolé. Les personnes présentes avaient pensé à un exercice de routine, vu que le son s'était arrêté aussi subitement qu'il avait commencé. La musique avait repris au même rythme que les conversations entre les auteurs et les lecteurs passionnés. Ils n'avaient même pas pris la peine de regarder la temps qui avait soudainement changé de visage.

Ginette, en proie à une panique intense, regarda à droite puis à gauche, telle une girouette cherchant désespérément du personnel en charge. Voyant au loin Sylvain, elle se précipita dans la cour comme une tortue sur le "speed", bousculant les gens sur son passage pour se frayer un chemin, provoquant ainsi un début de commotion dans la place. Pratiquement à portée de main, un individu se plaça sur son chemin. Elle tenta de le repousser en faisant appel à son expérience assidue des entrées féroces en magasin lors des Black Friday, mais sans succès. L'individu qui lui barrait le passage se retourna à peine quelques instants et dit d'un ton irrité : "Désolé, ma p'tite dame, mais je vais vous demander d'attendre votre tour comme tout le monde."

Puis elle se tourna vers Sylvain en disant : "Oui, c'est ça, je me demandais si tu avais apporté le livre que tu m'avais promis?"

Le visage de l'auteur était désormais

déconcerté en voyant Ginette sauter dans les airs, agitant les bras pour se faire remarquer par l'interstice minuscule entre les deux personnes devant sa table qui lui bloquaient la vue. Ne comprenant pas la raison de cette soudaine hystérie, il continua difficilement en répondant : "Eh… je l'ai oublié dans ma chambre… Je vais te donner un autre livre de ton choix pour me faire pardonner, ou je peux t'inviter au restaurant ce soir avec moi et une autre amie à moi, et je m'assure de t'apporter le "Monstre de Kiev". De toute façon, il est déjà dédicacé à ton nom, Bobe Charbo…"

Bobe regarda Sylvain, ravi, et lui répondit : "Oui, j'en serais ravi."

Ginette se mit à s'époumoner. "Tu vas te tasser à la fin?" Et de toutes ses forces, elle pivota sur elle-même en se servant de son gros sac rempli de livres comme contrepoids pour le balancer habilement contre Bobe. Sous la force de l'impact, la jeune dame se retrouva propulsée sur les fesses au sol, les yeux exorbités, la bouche grande ouverte, ne sachant quoi dire.

Sylvain, désespéré, s'attendant à un véritable "Rumble" de lutte en plein salon littéraire, lança la première chose qui lui passa par l'esprit pour éviter la confrontation. "Bobe, je te présente l'amie en question. Une vraie fanatique de littérature."

Ginette, d'ordinaire très chaleureuse et polie, jeta à peine un regard à la dame qu'elle venait de plancheriser au parquet comme un bulldozer en forme de sac rempli de livres, puis elle dit sèchement à son auteur : "Bah! On dînera si on survit. Allez, dépêchez-vous! Vous n'avez pas regardé dehors? L'apocalypse approche!"

Tout en poussant Sylvain pour qu'il avance,

elle s'étira pour ramasser "Esprits des Glaces", ajoutant : "Et celui-ci, je le sauve du déluge. Je ne l'ai pas encore."

Sylvain chercha à protester. "Mais… mais…"

Mais la très petite dame lui lança un de ses regards, la bouche en trou de cul de poule, les sourcils froncés et les yeux grands ouverts, avec son propre livre dans sa main qu'elle brandissait dans les airs, comme une vieille institutrice d'école aurait fait avec une règle, et il n'osa plus prononcer le moindre mot.

À ce moment-là, on entendit le déluge commencer à marteler le toit en tôle avec une violence telle que tous furent instantanément saisis. Puis la pluie se mit à charger de tous bords et de tous côtés, suivant les caprices de dame Nature qui s'était mise à souffler dans toutes les directions. On ne voyait pratiquement plus à l'extérieur, si ce n'est que des débris de toutes sortes emportés par les rafales. Les malheureux qui avaient eu l'imprudence de s'aventurer quelques instants auparavant avaient du mal à maintenir leurs pieds au sol. C'était le cas de Mme Payne, qui n'arrivait pas à franchir le dernier pas qui la séparait de la porte d'entrée pour se mettre à l'abri. Une main sur ses lunettes, l'autre bras étiré au maximum, tentant désespérément d'agripper la poignée d'entrée, quand un dernier vent violent lui arracha soudainement ses lunettes des doigts et la prit au dépourvu. Dans un geste futile, elle tenta de les attraper en plein vol, mais la seule chose qu'elle attrapa fut la pancarte d'arrêt du coin de la rue qui venait tout juste de se détacher de son point d'origine. Sous la force de l'impact, qui résonna tel un batteur de rock ayant tenté de passer au travers d'une cymbale à l'aide d'un bâton de golf, et les cris horrifiés des spectateurs, elle se retrouva soulevée et disparut dans la tempête à la même rapidité que le panneau Stop l'avait heurtée, pour ne plus être revue.

Le responsable du son pour l'événement avait coupé la musique pour syntoniser un poste d'urgence. Un peu trop tard, on pouvait enfin entendre le son irritant de l'alerte aiguë de bip suivi d'un message.

"Ceci est un message d'alerte de la garde côtière. Nous vous informons qu'une situation météorologique extrêmement dangereuse se développe dans la région. Une tempête historique accompagnée d'un tsunami et de rafales semblables à un ouragan menace la côte.

Il est impératif que vous preniez des mesures immédiates pour assurer votre sécurité. Voici ce que vous devez faire :

Éloignez-vous immédiatement des zones

côtières et des plages.

Mettez-vous à l'abri dans un bâtiment so........

Puis le message s'interrompit pour dire :

Nous sommes désolés d'interrompre votre programmation régulière. En raison de coupures gouvernementales, nous n'avons pas le choix d'aller en pause publicitaire.

(Une musique d'ambiance accompagne des gémissements érotiques et des claquements de fouet.)

Vous connaissez notre nom! "Le donjon coquin"! Oui, oui! Nous sommes la nouvelle boutique en ville. Vous aimez quand c'est très humide et que ça fesse, alors la prochaine fois que vous passerez dans le coin, stoppez voir tous nos petits accessoires pour tous les styles de plaisir.

Tous dans la salle se regardèrent, les joues mouillées de larmes. La peur laissa place à une expression d'incompréhension. Pierre-Luc s'exclama : "C'est quoi cette histoire d'avoir des publicités de sex-shop pendant une alerte météo!"

"Où est Sylvain???", s'écria Bobe.

Chapitre 3

La veille du Salon

Lady Kriek Christelle, la femme fatale aux cheveux roux, était tout excitée à l'aéroport de Montréal. Elle attendait avec impatience l'arrivée de ses deux amies, Aude et Peggy. Les voyageurs curieux se retournaient pour regarder cette femme élégante et séduisante, qu'on surnommait "fraisinette" en raison du parfum de fraise qu'elle portait fièrement et de ses cheveux roux bouclés.

Aude, la première à arriver de France, avait une personnalité provocante et extravertie. Elle se démarquait par son goût pour l'apparence sombre et mystique. Son chandail moulant arborait l'inscription audacieuse "Bite Me!" avec des dents de vampire ensanglantées. Elle incarnait le côté dramatique et passionné de l'horreur, et son allure en disait long sur son caractère.

Peggy, quant à elle, arriva à peine 30 minutes plus tard par un autre vol. Elle semblait plus simple comparée à ses amies, mais ne se laissait pas dépasser. D'habitude réservée, Peggy se métamorphosait en une toute autre personne lorsqu'elle était en compagnie de ses amies. Elle se glissa dans des cuissardes en cuir blanc aux talons imposants, affichant une confiance inébranlable. En leur compagnie, elle devenait une diva, une tigresse parmi ses deux acolytes du crime.

Lorsqu'elles se retrouvèrent, le trio plongea immédiatement dans une revue locale de Gaspésie trouvée dans une petite boutique de l'aéroport. Après un an de communication exclusivement en ligne, les amies avaient tant de choses à se raconter qu'elles n'avaient pas de temps à perdre. Les anecdotes et les rires fusaient, tandis que l'excitation montait en prévision de leur périple de deux semaines vers le Rocher Percé.

À bord du train, Aude et Peggy se mirent à bavarder comme si elles ne s'étaient jamais quittées. Lady Kriek les observait en souriant, admirant la complicité qui les unissait. Elles avaient bien l'intention de profiter de chaque instant de leur aventure québécoise.

Tout à coup, Peggy retira la gomme à mâcher qu'elle avait gardée bien trop longtemps. Elle ne savait plus le goût qu'elle avait autrefois, alors elle la colla sur la revue et la lança dans la première poubelle qu'elle croisa en direction de leur cabine privée. C'était le début d'une escapade inoubliable, où l'amitié, l'extravagance et la passion se mêlaient pour créer des souvenirs mémorables.

L'homme assis à côté de la poubelle fut complètement pris au dépourvu lorsque la revue tomba sur le rebord, le sortant brusquement de ses pensées. Ses yeux se levèrent pour découvrir les trois femmes qui passaient devant lui. Peggy, remarquant le sursaut de l'homme, décida de jouer un jeu amusant.

Elle tourna la tête vers lui et le fixa d'un regard intense, tout en effectuant un geste de la main avec ses ongles fraîchement manucurés, imitant un chat félin. L'homme haussa un sourcil, la perplexité teintant son visage, ne sachant pas comment interpréter cette attitude féline inattendue.

Cependant, la surprise ne s'arrêta pas là. La revue se mit soudainement à glisser du rebord, attirant l'attention de l'homme. D'un geste rapide et habile, il attrapa le magazine en plein vol, évitant qu'elle ne finisse sa course sur le sol. Aude, un sourire taquin aux lèvres, commenta : "Je crois que tu as un fan. Soit il veut la revue, soit il veut ton chewing gum…"

Lady Kriek, toujours pleine d'esprit, étira son bras, mimant le geste de manipuler une gomme invisible dans l'air. Elle ajouta d'un ton taquin : "Moi, je serais d'avis que c'est ta gomme qu'il veut, ou peut-être les lèvres par où elle est passée." Un éclat de rire accompagna ses paroles, tandis que les trois amies continuaient à s'aventurer dans le couloir du train.

Le train ralentit progressivement, annonçant son arrivée à destination. Les vibrations cédèrent la place à une immobilité totale, signe que le périple ferroviaire touchait à sa fin. Les trois amies se levèrent avec l'enthousiasme palpable d'une nouvelle aventure qui s'offrait à elles. Les portes du train s'ouvrirent avec un sifflement mécanique, révélant le paysage spectaculaire qui les entourait.

Lady Kriek, Aude, et Peggy, habillées avec

une élégance exagérée, dévalèrent le couloir du train comme des éclairs de couleur. Leurs rires et leurs exclamations résonnaient dans les wagons, attirant l'attention des autres passagers. Les regards curieux se posèrent sur ces femmes qui semblaient sorties tout droit d'un roman fantastique.

À la sortie du train, elles croisèrent l'homme qui, étrangement, tenait toujours le journal qu'il avait sauvé des griffes de la gravité quelques heures plus tôt. Les yeux de Lady Kriek pétillèrent d'amusement en voyant l'objet entre ses mains. "On dirait que tu n'as pas pu te séparer de notre histoire," plaisanta-t-elle.

L'homme, un sourire timide aux lèvres, expliqua qu'il avait été intrigué par leur arrivée théâtrale et avait décidé de garder le journal comme souvenir de ce moment inhabituel. Aude, avec un clin d'œil complice, murmura à Lady Kriek, "Peut-être qu'il voulait vraiment le chewing gum."

Les filles se dirigèrent vers la sortie de la gare, où l'air marin du Rocher Percé les accueillit. La ville s'étendait devant elles, avec ses ruelles pittoresques et son air mystique. L'homme, les regardant s'éloigner, se demanda s'il ne venait pas de faire partie d'un prologue étrange et captivant.

Les trois femmes fatales, attablées à une terrasse, profitaient de leur repas dans l'ambiance enivrante de la soirée. La brise marine caressait légèrement leurs visages, tandis que le crépuscule teintait le ciel de nuances chaudes. Aude, toujours avide de scènes hors du commun, tapota le bras de Lady Kriek pour attirer son attention.

"Regarde ça," chuchota-t-elle, pointant de l'autre côté de la rue. Les regards curieux des trois amies se dirigèrent vers la scène qui se déroulait.

Une dame âgée, poursuivie par une autre femme qui traînait une marchette sur son dos, hurlait à tue-tête. "Vous ne devriez pas sortir sans votre marchette, il est trop tôt après votre opération." Les passants se retournaient, perplexes, face à ce spectacle inattendu.

Les femmes observèrent la scène avec un mélange de surprise et d'amusement. La première dame semblait déterminée à ignorer les conseils insistants de sa compagne, tandis que cette dernière ne lâchait pas prise, criant des avertissements à intervalles réguliers.

Un peu plus tard, la même dame âgée réapparut dans le sens inverse, toujours en pleine dispute. "Vas-tu me foutre la paix..." s'écria-t-elle, manifestement exaspérée par les conseils incessants.

Les trois amies échangèrent des regards amusés, imaginant la vie mouvementée de ce duo inattendu avant de retourner à leur conversation. Elles envisageaient une sortie pour faire la bringue, mais où? Les retrouvailles, ça se fête!

Aude leva le petit doigt en disant. "Jeff, tu sais où l'on peut sortir dans le coin?"

Le serveur se retourna et y alla d'une suggestion. "Le Pub Pit Caribou est le plus proche."

"Allons-y pour le Caribou et demain c'est le Salon du livre!" lâcha Lady Kriek.

Chapitre 4

Le Salon est à l'Eau

Trois femmes se présentèrent à la porte aux côtés de Marilyn, joignant leurs voix aux implorations de celle-ci pour être admises. Le ciel s'assombrissait, laissant place à une noirceur qui évoquait le crépuscule naissant.

Jeff réagit en demandant à son tour à Maryse d'ouvrir la porte. Les battements du cœur résonnaient dans le silence tandis que Maryse hésitait, captivée par la présence des trois femmes. Des frissons parcoururent son échine, tandis que l'inconnu se déversait dans la pièce comme une onde obscure.

Maryse déverrouilla la porte; à peine l'avait-elle entrebâillée qu'une bourrasque la fit s'ouvrir violemment, et la vitre de celle-ci éclata en mille morceaux. Les débris aspergèrent les femmes qui cherchaient à se mettre à l'abri de la tempête, et

Maryse n'eut que le temps de lever son bras pour protéger son visage avant d'être lacérée par les fragments.

Le vent hurlait à travers la pièce, les ombres dansaient follement, créant une scène cauchemardesque. Les trois femmes, maintenant trempées et désorientées, se relevèrent lentement, leurs yeux fixés sur Maryse, dont le bras saignait légèrement à cause des éclats de verre.

Jeff, demeurant immobile à sa place, demanda d'une voix forte pour passer par-dessus le tumulte : "Qu'est-ce qui se passe dehors et qui êtes-vous?" Il fixait les trois nouvelles femmes, élégamment vêtues malgré l'agitation de la tempête.

"Elle, c'est Peggy, et l'autre, Lady Kriek. Enfin, je suis Aude. On était en retard pour le Salon du livre quand cette tempête est sortie de nulle part."

Marilyn s'approcha de Maryse tout en fouillant dans sa sacoche. Cependant, Maryse s'exclama en crise : "Toi, n'approche pas de moi! T'es pire qu'une sangsue!"

"Faut soigner vos coupures avant que ça s'infecte," répliqua-t-elle.

"On doit d'abord se mettre à l'abri," dit-elle, suivie d'une rafale qui fit frapper des débris dans les vitrines, comme pour appuyer les paroles de Maryse.

La tension dans la pièce augmentait à mesure que les éléments extérieurs semblaient se déchaîner. Les éclats de verre brisé et le hurlement du vent soulignaient l'urgence d'une décision.

Maryse se tourna vers Jeff et demanda, "Jeff, tu es le seul ici qui vient du coin. Où peut-on s'abriter?"

"D'ici, il n'y a nulle part sans sortir, mais il y a un semi-sous-sol sans fenêtre à l'arrière de la boutique. Mais rien de plus," répondit-il.

Voyant Jeff tenter de se relever, Maryse s'écria, "Tu es vraiment trop bête, toi. Les filles, ne voyez-vous pas que ce cave n'arrive pas à se relever tout seul... Allez, les princesses, aidez-le à se relever, qu'on se mette à l'abri."

Les trois femmes, Peggy, Lady Kriek et Aude, échangèrent un regard amusé avant de s'approcher de Jeff. Avec une grâce éthérée, elles lui offrirent leur soutien pour se relever, comme si cette aide était attendue depuis le début. Jeff, mêlant gêne et reconnaissance, se laissa relever par les "princesses" improvisées.

Les fragments de verre crissèrent sous leurs pas tandis qu'ils se dirigeaient vers le semi-sous-sol, cherchant refuge dans l'obscurité qui les enveloppait. La tempête extérieure résonnait toujours, mais à l'intérieur, une étrange alliance se formait entre ces êtres hétéroclites, liés par des circonstances qui allaient au-delà de leur compréhension immédiate.

Le refuge était en mauvais état : des barils à vin longeaient les murs, la plupart d'entre eux clairement vidés de leur contenu depuis belle lurette. Les marques du temps et de la négligence étaient évidentes, donnant à l'endroit un air abandonné et mystérieux. Des toiles d'araignée ornaient les coins, et l'odeur de moisi imprégnait l'air.

Les trois divas déposèrent Jeff contre le mur le plus proche, à bout de souffle. Il était évident qu'il n'avait pas l'habitude de fournir le moindre effort. Peggy se précipita vers l'une des barriques en disant,

"J'espère qu'il en reste encore dans l'une d'elles, j'ai tellement soif."

Maryse ferma la marche, étant la dernière à entrer, et referma la porte. Aussitôt, Marilyn lui agrippa le bras d'une main, tenant dans l'autre quelques rouleaux de coton en disant, "Ça a assez tardé, nous devons prendre soin de vos blessures."

Jeff ne prêtait aucune attention aux filles qui faisaient le tour des vieux barils à la recherche d'une dernière lampée d'alcool, ni aux protestations de Maryse. Heureux de constater que son téléphone portable captait toujours un réseau, il s'écria, "Silence, je capte du net!" Les autres le regardèrent, un mélange de soulagement et de curiosité se lisant sur leur visage, réalisant que même dans ce refuge délabré, une connexion avec le monde extérieur était une bouée inespérée.

Maryse donna une tape sur l'épaule de l'infirmière en criant, "Aïe, tu me fais mal, calice. Ça te dirait de garder les yeux sur ce que tu fous?"

Lady Kriek était la plus près de Jeff et demanda, "Peux-tu voir ce qui se passe à l'extérieur?"

Aude s'approcha tandis que Peggy continuait son exploration. Les murmures de la tempête s'infiltraient faiblement à travers la porte fermée, mais le regard de Jeff était captivé par l'écran de son téléphone. "Il semble y avoir des perturbations atmosphériques importantes. Des phénomènes étranges sont signalés un peu partout, des coupures de courant, des lumières dans le ciel…" dit-il.

Puis on entendit la voix d'un homme. Maryse le regarda, curieuse, et lança, "Tu n'es pas en train de regarder la météo. Je reconnais cette voix." Elle bouscula Marilyn pour se précipiter aux côtés de Jeff, le bandage à moitié fait.

La voix de l'homme provenait du téléphone de Jeff, émanant de manière presque irréelle au cœur de ce refuge décrépit.

"Bonjour à tous! Ici le Sylvain Johnson, en direct du Bunker spécial apocalypse! Regardez : vous voyez tous les auteurs avec qui je suis prêt ou pas prêt à mourir? Ah oui, la mère de Nancy est ici.

Sylvain lit le commentaire : "Nancy te dit bonjour et me dit de fermer ma caméra et de garder le maximum de batterie en cas d'extrême urgence."

Tout ce qu'on voyait sur l'écran de Jeff était un bout du nez et les dents de Sylvain.

"Nancy, on va mourir, bon je dois faire une

niaiserie avant cela alors," s'exclama Sylvain avant de tourner sa caméra de côté pour crier, "Tout le monde, tout nu!"

Comme au ralenti, on pouvait voir certains se pousser pour se cacher, d'autres figés sur place. Ginette s'époumonait de frayeur en pointant dans la direction opposée.

"Ok, ok, je ferme avant qu'on m'égosille," dit Sylvain d'un ton enjoué avant de prendre un ton dramatique. "Oh mon dieu…" Les lumières vacillaient telles une scène de film d'horreur, puis le focus de l'objectif tourna à nouveau, mais cette fois l'objectif était sur les vitres. Avec peu de visibilité, on pouvait distinguer une masse s'approcher et s'écraser contre les vitres qui éclatèrent en morceaux avant que la vidéo s'éteigne, coupant les cris de frayeur qui en ressortaient.

Jeff restait là sans dire un mot, les yeux dans le vide, en déclarant, "On va tous mourir."

Maryse lui asséna une claque derrière la tête en répliquant, "Voyons donc, reprends-toi. C'est Sylvain, il pousse tout à la dérision ou à l'exagération."

"Non, non… j'ai bien vu, ça ressemblait à un tsunami et s'il a tapé là-bas, ce n'est qu'une question de minutes avant qu'il tape ici," finit Jeff sans bouger.

Du fond de la pièce, on entendit Peggy crier, "Eurêka! Au moins, on va pouvoir finir en beauté. Je viens de trouver un baril toujours plein de vin."

La découverte de Peggy sembla changer l'ambiance, au moins momentanément. Les regards anxieux se tournèrent vers elle, certains esquissant un sourire malgré la situation critique. Le refuge, plongé dans l'obscurité intermittente, prenait l'air d'un dernier rempart face à l'inconnu qui s'abattait autour d'eux.

Épilogue

La dernière Vague

À l'image du calme qui suit la tempête, l'agitation dans le bar s'atténuait. Étaient-ils simplement pris dans l'œil du cyclone, impatients de connaître la suite des événements la semaine prochaine?

Soudain, un spectateur caché dans l'ombre se manifesta. C'était un nain diabolique à deux cornes, qui avait eu la chance d'assister aux deux performances d'Apocalypse. Il s'exclama : "Et Joseph? Tu ne l'as pas inclus dans tes histoires… Il fait une victime idéale!"

Apocalypse se tourna vers lui et s'accroupit, comme s'adressant à un enfant, et lui répondit : "Joseph faisait partie des aventures de la semaine dernière. Cette semaine, nouveau récit, nouvelles victimes."

Il semblait qu'Apocalypse avait bien cerné la personnalité du nain, car sa réaction fut instantanée. Les bras croisés, le regard frustré, le petit homme se mit à bougonner tout en tapant du pied. Quelques murmures de désapprobation s'élevèrent dans l'assistance, montrant clairement leur attachement à ce personnage.

D'un geste sec, Apocalypse se redressa en frappant la table en bois à ses côtés de son poing. Un silence macabre s'installa instantanément. L'assistance était pétrifiée, de peur d'avoir offensé la sœur des Quatre Cavaliers. D'un ton résigné, elle demanda : "Voulez-vous tous revoir Joseph, alors?"

Telle la résonnance d'une seule corne, ils réclamèrent son retour.

Apocalypse leva donc la main pour satisfaire

son auditoire. Elle commença une incantation dans une langue que peu de gens pouvaient comprendre, chaque syllabe faisant frissonner les os d'un simple mortel. Une petite poupée à l'effigie de Joseph se matérialisa sur la table, accompagnée d'un couperet flottant dangereusement quelques pieds au-dessus de sa nuque. D'un coup, elle abaissa son bras, imitant une guillotine sur le point de frapper sa cible. Cependant, la lame se planta dans le bois, sous les yeux surpris de son bourreau. La poupée venait d'être arrachée à son destin funeste par le petit nain cornu, qui l'avait saisie à la dernière seconde par une mèche de cheveux qui n'avait pas été rasée. Ne prêtant aucune attention au couteau, il était tombé sous le charme de cette parfaite réplique miniature.

Dos à Apocalypse, ignorant sa fureur grandissante, le nain exhiba le personnage devant tout le monde, le tenant par les cheveux, et s'écria : "Regardez ce qu'a fait apparaître Apocalypse! Une magnifique mascotte de Joseph!"

Apocalypse s'apprêtait à déferler sa colère sur le petit être quand elle le vit saisir la poupée par les pieds et la frapper contre le bord du bar. "Je vais m'amuser toute la journée avec cette mascotte!" déclara-t-il avec enthousiasme.

Exaspérée, elle posa sa main sur son visage et murmura "Sombre idiot."

L'individu se retourna et demanda : "Peux-tu en faire d'autres mascottes comme celle-ci?"

Et l'on entendit dans l'auditoire quelque cris d'approbation.

Elle écarta ses doigts pour entrevoir l'idiot du village et répondit avec sarcasme avant de s'en aller : "Ce n'est pas une simple poupée, mais une poupée vaudou du véritable Joseph que tu viens d'écraser de toutes tes forces sur le comptoir. Je peux seulement imaginer le mal de crâne qu'il doit ressentir en ce moment."

À suivre…

www.Lios-art.com

Admin@lios-art.com